W0309427

SAUERLÄNDER

Judith Kerr

Ein Seehund für Herrn Albert

Aus dem Englischen
von Sibylle Schmidt

SAUERLÄNDER

MIX
Papier aus verantwortungsvollen Quellen
FSC® C083411
www.fsc.org

Erschienen bei FISCHER Sauerländer

Die englische Originalausgabe erschien 2015
unter dem Titel ›Mister Cleghorn's Seal‹ bei
HarperCollins *Children's Books*, London
© 2015 Kerr-Kneale Productions Ltd 2015

Für die deutschsprachige Ausgabe:
© 2016 S. Fischer Verlag GmbH,
Hedderichstr. 114, D-60596 Frankfurt am Main
Umschlaggestaltung: Norbert Blommel, Vreden,
unter Verwendung einer Illustration von Judith Kerr
Satz: Pinkuin Satz und Datentechnik, Berlin
Druck und Bindung: CPI books GmbH, Leck
Printed in Germany
ISBN 978-3-7373-5445-5

Für meinen Vater,
auf dessen Balkon einmal
ein Seehund wohnte

Eines Morgens saß Herr Albert auf dem Balkon seiner Wohnung und schaute der Sonne beim Aufgehen zu. Der Himmel leuchtete rosa und orange und sah wunderhübsch aus, doch selbst dieser schöne Anblick konnte Herrn Albert nicht aufheitern. *Erst sieben Uhr*, dachte er. *Was um alles in der Welt soll ich mit diesem endlos langen Tag anfangen?* Um diese Uhrzeit war Herr Albert sonst längst in

seinem Kiosk gewesen und hatte den Botenjungen losgeschickt, damit er das Tagblatt austrug.
Dann hatte Herr Albert Zeitungen, Pfeifentabak und diese neumodischen Zigaretten an Leute verkauft, die zum Bahnhof eilten.
Bevor die Kinder aus der Schule kamen, hatte Herr Albert die zwölf großen Bonbongläser mit bunten Süßigkeiten aufgefüllt. Und er hatte immer gerne mit den Damen geplaudert, die Bleistifte, Notizblocks oder braunes Packpapier erstehen wollten.

Ich hätte den Kiosk nicht verkaufen dürfen, dachte Herr Albert bei sich. Die Käufer hatten ihm zwar ein stattliches Sümmchen Geld bezahlt – aber wie sollte er sich jetzt nur die Zeit vertreiben?
Allmählich erwachte die Stadt. Der Milchmann zog mit seinem Pferdekarren von Haus zu Haus und

stellte den Leuten ihre Flaschen vor die Tür. Der Postbote, der Herrn Albert auf dem Balkon entdeckt hatte, winkte und schwenkte einen Brief. Als Herr Albert nach unten ging, um den Brief abzuholen, schimpfte der Pförtner gerade mit einer kleinen rundlichen Dame in den besten Jahren. Die

Dame hielt einen Käfig mit einem winzigen Vogel in der Hand, und wie immer regte sich der Pförtner fürchterlich auf.

»Haustiere sind hier nicht erlaubt!«, zeterte er. »Sie kennen doch die Vorschriften! Keine Haustiere in den Wohnungen!«

»Ach, um Himmels willen aber auch«, erwiderte die Dame. »Das ist doch nur der Kanarienvogel meiner Schwester, auf den ich ein paar Tage aufpassen soll!«

»Bis zum Wochenende muss er verschwunden sein!«, raunzte der Pförtner, marschierte in sein Pförtnerkabuff und spähte durch das kleine Fenster, um nach weiteren Regelverstößen der Hausbewohner Ausschau zu halten.

Die Dame verdrehte die Augen und sah Herrn Albert an, der gerade den Brief in Empfang nahm. Der Brief war von Herrn Alberts Vetter William.

William schrieb, sie hätten schönes Wetter und die zahlreichen Sommergäste würden ihm viel Fisch abkaufen. Wann Albert denn nun endlich mal zu Besuch kommen wolle?

In dem Briefumschlag steckte noch eine Postkarte mit einem Bild vom Hafen und den aufgedruckten Worten: *Eine Reise wert!*

Schon lange hatte William versucht, seinen Vetter Albert zu einem Besuch zu überreden. Früher hatte Herr Albert seinen Kiosk nicht alleine lassen wol-

len, doch jetzt dachte er: *Wieso eigentlich nicht?* Bestimmt war eine Reise unterhaltsamer, als alleine in der Wohnung herumzusitzen und sich zu langweilen.

Rasch eilte Herr Albert wieder nach oben in seine Wohnung, und plötzlich kam ihm dieser Tag gar nicht mehr endlos und öde vor.

Als Erstes schrieb er seinem Vetter, dass er die Einladung gerne annehme. Dann kaufte Herr Albert im Postamt eine Marke und schickte den Brief ab.

Danach wuchtete er seine Reisetasche vom Schrank herunter und überlegte, was er einpacken musste.

Und bald darauf saß er auch schon ziemlich aufgeregt im Zug und

fragte sich ein wenig besorgt, auf was um alles in der Welt er sich da wohl eingelassen hatte.
Doch als er ankam, war er sehr erleichtert, denn sein Vetter William erwartete ihn bereits am Bahnhof, zusammen mit dem zehnjährigen Tommy, der »Onkel« zu Herrn Albert sagte und ihm gleich die Reisetasche abnahm.
Zu Hause wurden sie von Williams Frau empfangen, die ein Baby in den Armen hielt. Zwei kleine Mäd-

chen kamen aus dem Haus gerannt, schrien »Onkel Albert! Onkel Albert!« und zerrten ihn in die Küche, wo schon das Abendessen aufgetischt war. Herr Albert hatte Geschenke für die Kinder mitgebracht – Buntstifte und Bonbons für die Mädchen und einen ganzen Berg Comichefte für Tommy –,

und alle plauderten mit ihm und überschlugen sich förmlich vor Fragen. Es kam Herrn Albert vor, als sei er wieder in seinem Kiosk, und zwar nach Schulschluss – was all die Jahre seine Lieblingszeit gewesen war.

Als alle aufgegessen hatten, sagte Vetter William: »Morgen hab ich alle Hände voll zu tun, Tommy. Du könntest Onkel Albert doch mal das Tierchen zeigen.«

»Was denn für ein Tierchen?«, erkundigte sich Herr Albert.

»Einen kleinen Seehund«, antwortete William. »Er trinkt noch bei seiner Mutter, aber wenn sie unter-

wegs ist, um Fische zu fangen, lässt sie den Kleinen alleine. Und Tommy beobachtet ihn dann immer.«
Herr Albert sagte, er würde den kleinen Seehund sehr gerne anschauen.

Am nächsten Tag wurde Herr Albert mit Williams alten Gummistiefeln und einer Regenjacke ausstaffiert, und dann ruderten Tommy und er durch die Bucht.
Schon bald sahen sie einen sandbedeckten Felsen, der aus dem Wasser aufragte. Auf diesem Felsen lag etwas Weißes – ein kleiner Seehund, der sich genüsslich in der Sonne aalte. Als er das Platschen

der Ruder hörte, hob er den Kopf und guckte mit seinen großen dunklen Augen zu ihnen herüber.

»Er kennt mich, weil ich ganz oft herkomme«, erklärte Tommy. »Manche Fischer hier sagen, die Robben fressen ihnen den Fisch weg, und deshalb erschießen sie die Seehunde. Mein Papa macht das aber nie. Der sagt immer: ›Leben und leben lassen.‹«

Tommy beäugte das kleine Tier begeistert. »Ist der nicht süß?«

Auch Herr Albert betrachtete den kleinen Seehund, der sich zufrieden die Sonne auf sein flauschiges weißes Fell scheinen ließ. Und Herr Albert dachte, dass er noch nie zuvor in seinem Leben etwas so Liebenswertes gesehen hatte.

Nach einer Weile wollte er weiterrudern, aber Tommy warf ihm einen warnenden Blick zu – denn unweit des Felsens sah man jetzt den dunklen glänzenden Kopf eines erwachsenen Seehunds durchs Wasser gleiten. Der kleine Seehund reckte den Kopf und gab einen Laut von sich, der wie ein fiependes Kläffen klang.

Der große Seehund robbte auf den Felsen, ließ sich

neben dem Kleinen hinplumpsen und drehte sich auf die Seite. Und der Kleine begann sofort, munter zu nuckeln.
»Das ist seine Mama«, flüsterte Tommy. »Die hab ich bis jetzt erst einmal gesehen!«
Die beiden beobachteten die Seehundmutter und ihr Kind noch ein Weilchen. Dann gaben sich Herr Albert und Tommy große Mühe, ganz leise wieder zum Ufer zu rudern, damit die Seehunde nicht gestört wurden.

In den nächsten Tagen hatte Herr Albert von früh bis spät zu tun. Er baute mit den Kindern Sandburgen, spendierte ihnen Eiscreme und bastelte einen Drachen für sie, mit dem sie den Strand entlangsausen konnten.
Einmal fuhr er mit William eine ganze Nacht lang zum Fischen aufs Meer hinaus. Und tagsüber machte er mit der ganzen Familie Picknicks und Bootsfahrten und Badeausflüge (Herr Albert bestand allerdings darauf, nur mit hochgekrempelten Hosenbeinen im Wasser umherzustapfen).

Trotz des Trubels fand er aber immer wieder Zeit, alleine oder zusammen mit Tommy zu dem kleinen Seehund zu rudern. Und jedes Mal war Herr Albert entzückt von dem niedlichen und zufriedenen Tierchen.
Eines Morgens jedoch lag es matt und kraftlos auf dem Felsen. Als der kleine Seehund die Ruder hörte, hob er kurz den Kopf, ließ ihn aber gleich wie-

der sinken. Der Kleine sah traurig aus und war viel dünner als bei ihrem letzten Besuch.

»Was ist denn los mit dir?«, fragte Herr Albert. »Hat die Mama dir nichts zu futtern gebracht?«

Weil Herr Albert sich Sorgen darüber machte, erzählte er später William von seinem Erlebnis.

Der fragte beunruhigt: »Wann hast du die Seehundmutter zuletzt gesehen?«

»Sowieso nur selten«, antwortete Herr Albert. »Aber das Kleine hat bisher immer wohlgenährt und zufrieden gewirkt.«

»Leider sind vor ein paar Tagen weiter oben an der Küste Seehunde abgeschossen worden«, berichtete William. »Vielleicht war seine Mutter auch dabei.«

»Aber … aber was passiert dann mit dem Kleinen?«, fragte Herr Albert. Obwohl er das selbst ein wenig albern fand, regte er sich über diese Nachricht furchtbar auf.
William schüttelte den Kopf. »Ohne seine Mutter kann er nicht überleben. Dann wäre es wohl besser, man beendet sein Leiden.«
Dann fügte er hinzu: »Aber warten wir noch ein wenig ab. Vielleicht kommt die Mama ja wieder.«
Am nächsten Tag ruderten sie in die Bucht. Tom-

my glaubte fest daran, dass alles gut werden würde. Herrn Albert war ängstlich zumute, und William versuchte betreten, sein Gewehr zu verstecken.
Der kleine Seehund hatte in der Zwischenzeit eindeutig nichts zu fressen bekommen. Er war noch dünner geworden – aber jetzt war er nicht mehr matt und müde, sondern richtig wütend.
Als er das Boot entdeckte, richtete er sich auf, kläffte erbost und klatschte mit beiden Flossen wild auf den Felsen.

Die Sonne stand noch tief am Himmel, aber es würde bestimmt ein strahlender Tag werden. Herr Albert schaute auf dieses lächerliche kleine weiße Wesen, das da mitten im weiten Meer hockte und energisch Futter verlangte. Das Tierchen wollte unbedingt überleben in dieser großen wunderschönen Welt.

William tastete verstohlen nach seinem Gewehr, was Herrn Albert nicht entging. Und plötzlich hörte er sich etwas ganz und gar Verrücktes sagen.

Er sagte nämlich: »Nein, tu es nicht, William. Ich nehme den kleinen Seehund mit zu mir.«

Herr Albert war genauso überrascht von seinen eigenen Worten wie die anderen. Doch als er sie dann noch einmal überdachte, merkte er, dass es ihm wirklich ernst war.

»Aber das geht doch nicht«, wandte William ein. »Was um alles in der Welt willst du mit ihm machen?«

Das fragte sich Herr Albert auch. Zum Glück fiel ihm sofort eine Antwort ein.

»Ich bringe ihn in den Zoo«, verkündete er. »In der Nähe meiner Wohnung gibt es einen kleinen Zoo.

Die freuen sich dort bestimmt über einen jungen Seehund.«

»Aber wie willst du den Kleinen denn dorthin schaffen?«, fragte William zweifelnd.

Herr Albert schaute auf den kleinen Seehund. Er hatte sich wieder hingelegt, schien ihn aber mit seinen großen runden Augen direkt anzusehen. Und so erklärte Herr Albert kurzerhand kühn: »Mit dem Zug. Im Gepäckwagen klappt das bestimmt.«

Das kleine Tier einzufangen war viel leichter, als Herr Albert erwartet hatte. Es zappelte fast gar nicht, als William es in seine Jacke wickelte, hochnahm und behutsam ins Boot legte. Der Kleine schien sogar froh zu sein, dass endlich etwas los war.

Als sich das Boot in Bewegung setzte, gab er zwar ein verblüfftes Hüsteln von sich, legte sich dann aber wieder hin und guckte ganz zufrieden auf die Ruder.

Zu Hause gab es großes Staunen über den Neuankömmling, der gleich in eine alte Blechwanne gelegt wurde. Die Mädchen hopsten im Kreis und trällerten: »Wir haben einen Seehund! Wir haben einen Seehund!«, und Williams Frau brachte das Baby herein, das nur eine Windel anhatte und empört auf das unbekannte Wesen starrte.

William goss sahnige Milch in eine Schale und gab den letzten Rest Lebertran aus der Flasche hinzu. Die Mädchen waren hellauf begeistert, weil *sie* nämlich ansonsten jeden Morgen einen Löffel von dem Zeug schlucken mussten.

»Keine Ahnung, ob das was nützt«, sagte William und stellte die Schale vor dem kleinen Seehund ab. Der schaute nur kurz auf und legte sich dann wieder hin. Deshalb hielt William ihm die Schale direkt vor die Nase. Worauf der Kleine fürchterlich nieste und alle mit stinkender Fischmilch bespritzt wurden.

»Der Kleine kann doch nur nuckeln«, gab Tommy zu bedenken, und das brachte Herrn Albert auf eine Idee.

»Wir könnten doch vielleicht …«, brachte er vor. »Meint ihr nicht …?« Er wies vage mit der Hand auf den Säugling, der zufrieden auf dem Nuckel

seiner leeren Milchflasche herumkaute. Jetzt starrten alle das Baby an.

»Ich probier's einfach mal«, erklärte Herr Albert. »Entschuldige bitte, ja?«, sagte er zum Baby und entwand ihm die Nuckelflasche.

Das Baby schrie wütend auf und brüllte und krakeelte aus vollem Hals, während Herr Albert rasch die Fischmilch in die Flasche schüttete. Dann wollte er die Nuckelflasche dem kleinen Seehund anbieten, doch der war so verstört über das fürchterliche Geschrei, dass er sich ängstlich in einer Ecke der Wanne verkroch.

»Also, ich glaube nicht …«, bemerkte William.

Als das Baby sah, dass seine Flasche nun jemand anderem angeboten wurde, brüllte es noch schriller und erboster. Die Mädchen hielten sich die Ohren zu, während die Mutter das Baby fest an sich drückte und Herrn Albert einen strafenden Blick zuwarf.

»Tut mir leid«, sagte der achselzuckend.
Doch dann kam ihm noch eine Idee. Rasch bückte er sich, packte den glitschigen kleinen Seehund mit beiden Händen und drückte ihn so fest an seine Brust, wie die Mutter es mit ihrem Säugling machte.
Zuerst zappelte der Kleine wie verrückt, aber Herr Albert ließ nicht locker, obwohl er dabei ordentlich

nass wurde. Irgendwann hörte der kleine Seehund mit dem Gezappel auf und wollte sich mit Gekläff beklagen. Und genau in dem Moment, als er sein Mäulchen öffnete, steckte Herr Albert entschieden die Nuckelflasche hinein.

Zuerst tat sich gar nichts. Der kleine Seehund hockte reglos auf Herrn Alberts Schoß. Doch dann begann er plötzlich zu saugen und nuckelte dann immer eifriger, bis schließlich die ganze Flasche leer war.

Herr Albert freute sich sehr. Strahlend sagte er: »Ich glaube, ich werde ihn Charlie nennen.«

»Also, jedenfalls solltest du Charlie so schnell wie möglich in den Zoo schaffen«, riet ihm William. »Ich bin ja froh, dass ihm mein Trunk geschmeckt hat. Aber auf Dauer wird er was Nahrhafteres brauchen. Wie willst du ihn eigentlich transportieren?«

Inzwischen hatte der kleine Seehund zwei weitere Flaschen ausgesüffelt, und das Baby sah zwar immer noch ärgerlich aus, war jetzt aber still, weil es eine neue Nuckelflasche bekommen hatte.

Herr Albert war ganz Herr der Lage.
»Wenn ihr die Blechwanne entbehren könntet?«, meinte er. »Da passt Charlie prima rein. Und vielleicht könnt ihr mir noch helfen, ihn zum Bahnhof zu bringen?«

Schließlich zog sich der Abschied dann viel länger hin, als Herr Albert geplant hatte. Die Kinder wollten unbedingt noch ein letztes Picknick am Strand machen, es musste eine letzte Runde Eis spendiert werden, die Tasche musste gepackt werden, und man musste eine große Flasche mit Charlies Reiseproviant füllen. Erst am späten Nachmittag konnten sie endlich Richtung Bahnhof losmarschieren.
Charlie hockte in der Wanne, die wiederum in einem Leiterwagen stand, der von Tommy gezogen wurde. Der kleine Seehund verhielt sich während des ganzen Trubels recht ruhig. Er hatte sich offenbar an die Blechwanne als neues Zuhause gewöhnt und schien alles ziemlich interessant zu finden – zumindest solange Herr Albert in seiner Nähe blieb.

»Der Kleine hält dich für seine Mama«, vermutete Tommy. Denn Charlies große runde dunkle Augen waren unentwegt auf Herrn Albert gerichtet.

Als sie zum Bahnhof kamen, wartete der Zug schon, und alles musste schnell gehen: William half Herrn Albert, die Wanne in den Gepäckwagen zu laden. Dann schüttelten sich die beiden die Hand,

Herr Albert umarmte die Kinder zum Abschied und stieg schnell ein. Die Lok tutete, der Zug fuhr los, alle winkten. Und dann hockte Herr Albert auf einmal alleine in einem halbdunklen Gepäckwagen, mitsamt einem kleinen Seehund, der seine Mutter verloren hatte.

An sich hatte Herr Albert bequem in einem Zugabteil sitzen und zwischendurch nach dem Kleinen

schauen wollen. Doch Charlie fiepte sofort ängstlich, wenn Herr Albert sich entfernte. Deshalb ließ er sich schließlich wohl oder übel auf einem großen Schrankkoffer neben der Wanne nieder.
Der Zug ratterte durchs Land, draußen wurde es

langsam dunkel, und der kleine Seehund wandte den Blick nicht von Herrn Albert. Dem plötzlich ein wenig bange wurde. Er fragte sich, wie um alles in der Welt er in diese Lage geraten war – und was er jetzt nur tun sollte.

Er hatte sich gedacht, dass er den Kleinen direkt vom Bahnhof aus zum Zoo bringen würde, wo man Charlie bestimmt begeistert begrüßen und aufnehmen würde.

Aber um diese Uhrzeit hatte der Zoo natürlich längst geschlossen. Der kleine Seehund musste also bei Herrn Albert übernachten, dem das Herz in die Hose rutschte, als er an den Pförtner dachte. Wenn der sich schon über einen winzigen Vogel in einem Käfig so maßlos aufregte – was für ein Theater würde der Mann wohl beim Anblick eines Seehunds machen?

Als sie endlich ankamen, war es schon Nacht. Der Bahnhof war menschenleer, und nicht einmal ein einziges Taxi stand mehr davor. Einen Moment lang war Herr Albert ratlos. Doch dann entdeckte er ein paar Gepäckwagen, die jemand in eine Ecke geschoben hatte.

»Keine Sorge, Charlie«, sagte er zu dem kleinen Seehund, »wir gehen einfach zu Fuß.«

Als Herr Albert die Blechwanne auf den Wagen lud und mit seiner Reisetasche festklemmte, hüstelte Charlie ein paarmal verwundert, beruhigte sich aber gleich wieder.

So trabten sie durch die nächtlichen Straßen, und

der kleine Seehund blickte immer wieder staunend zu den leuchtenden Laternen auf.

Herr Albert zerbrach sich inzwischen den Kopf darüber, was um Himmels willen er dem Pförtner erzählen sollte. Vielleicht könnte er ganz munter verkünden: »Ja, natürlich, dieser Seehund ist mein Übernachtungsgast.«

Doch Herr Albert fürchtete, dass der Pförtner Charlie nicht mit einem freundlichen Lächeln begrüßen würde.

Als sie zu seinem Haus kamen, ging Herr Albert zunächst alleine vor und stellte erfreut fest, dass die Luft rein war: Im Flur war keine Menschenseele zu sehen, und auch das Pförtnerkabuff war glücklicherweise leer.

Na ja, dachte sich Herr Albert, *auch Pförtner müssen ja mal irgendwann schlafen.*

Für alle Fälle angelte er sich aber rasch ein Hemd aus seiner Reisetasche, wickelte Charlie flink hinein und flitzte dann mit ihm ins Haus.

Mit einem Seehund die Treppe hinaufzusteigen war

ziemlich schwierig, und Charlie hüstelte bei jeder einzelnen Stufe verdutzt. Einmal dachte Herr Albert erschrocken, er hätte irgendwo eine Tür gehört, doch zum Glück ließ sich niemand blicken. Hastig schloss er die Wohnungstür auf, stolper-

te mit Charlie schnurstracks ins Badezimmer und bettete ihn behutsam in die Badewanne.
Dann sank Herr Albert völlig erschöpft auf den Toilettensitz. Geschafft! Er hatte den kleinen mutterlosen Seehund wahrhaftig gerettet und wohlbehalten zu sich nach Hause gebracht!
Und morgen würde er ihn im Zoo abgeben.
Nachdem Herr Albert noch seine Reisetasche ge-

holt hatte, fütterte er Charlie mit Williams Spezialtrunk. Der Kleine schien sich in der großen Badewanne sehr wohlzufühlen, wurde aber sofort wieder unruhig, als Herr Albert hinausgehen wollte.

Da kam ihm die Idee, den Wasserhahn ein klein wenig aufzudrehen. Charlie beobachtete gebannt, wie die Tropfen aus dem Hahn gluckerten und im Abfluss verschwanden, und ließ Herrn Albert ohne Protest hinausgehen.

Der war inzwischen so furchtbar müde, dass er es nur mit knapper Müh und Not schaffte, sich auszuziehen und in seinen Schlafanzug zu schlüpfen. Danach schlief er auf der Stelle ein.

Er träumte von Zügen und Booten und vom Meer. Hohe wilde Wellen klatschten an Felsen, und Herr Albert versuchte verzweifelt, die Nuckelflasche des Babys festzuhalten, aber die Wogen wurden immer gewaltiger und die Brandung immer donnernder und … schlagartig wachte er auf.

Zuerst musste er sich besinnen, wo er überhaupt war. Dann fiel ihm der kleine Seehund wieder ein.

Herr Albert schaute auf seine Uhr. Es war halb fünf, mitten in der Nacht. Und jemand klopfte an seine Wohnungstür.

Wieso um alles in der Welt klopfte mitten in der Nacht jemand an seine Tür? Erschrocken dachte Herr Albert an den Pförtner. Bestimmt hatte er von dem Seehundgast erfahren und wollte Herrn Albert jetzt zur Rede stellen.

Hastig kletterte er aus dem Bett und öffnete ängstlich die Wohnungstür. Davor stand aber nicht der Pförtner, sondern eine Dame. Und zwar genau die Dame, die er kürzlich mit dem Vogelkäfig gesehen hatte. Sie trug einen Mantel über ihrem Nachthemd und rief aufgeregt: »Bei mir läuft Wasser durch die Decke!«

»Was?«, fragte Herr Albert verwirrt, aber die Dame stürzte an ihm vorbei in die Wohnung und schrie: »Ich kann es hören!«
Sie riss die Badezimmertür auf und starrte fassungslos zuerst auf den überschwemmten Boden, dann auf die überlaufende Wanne und schließlich auf die Bodematte.
Auf der ein sehr verdattert blickender Seehund hockte.

»Da, bitte!«, kreischte die Dame. Doch dann sagte sie nur noch: »Oh.«
Herr Albert raste zur Wanne, drehte den Hahn zu und griff ins Wasser, um den Stöpsel zu ziehen, der sich irgendwie auf den Abfluss manövriert hatte.
Sobald der Stöpsel gezogen war, begann das Wasser abzulaufen. »Der Abfluss ...«, versuchte Herr Albert zu erklären, doch die Dame fragte: »Und warum haben Sie einen Seehund in Ihrem Badezimmer?«
»Ich will ihn in den Zoo bringen«, antwortete Herr

Albert, und als die Dame immer noch verständnislos blickte, fügte er hinzu: »Sie wollten ihn erschießen.«

»Oje«, sagte die Dame, die sich beim Anblick des kleinen Seehunds merklich beruhigt hatte. Herr Albert begann rasch, mit Handtüchern den nassen Boden zu wischen.

»Es tut mir furchtbar leid«, sagte er dabei. »Ich mach hier nur schnell trocken, dann schaue ich nach Ihrer Decke.«

Inzwischen war auch alles Wasser aus der Wanne abgelaufen, und Herr Albert setzte Charlie vorsichtig wieder hinein.

»Er ist ja sehr zahm«, bemerkte die Dame.

»Ja, er hält mich wohl für seine Mutter«, erwiderte Herr Albert. »Das meint jedenfalls mein Vetter.«

»Wenn *Sie* das Junge füttern, hat Ihr Vetter wohl recht«, sagte die Dame. Dann kicherte sie plötzlich und fragte: »Weiß der Pförtner von Ihrem Seehund?«

»Natürlich nicht«, antwortete Herr Albert.

»Na, ich sag ihm jedenfalls nichts«, versprach die

Dame und wandte sich zum Gehen. »Sie können ja dann gleich runterkommen.«

Herr Albert wischte schnell den Rest des Wassers auf und gab Charlie einen Waschlappen zum Spielen, während er sich anzog. Dann ging er nach unten in die Wohnung der Dame. Sie hatte die Vorhänge aufgezogen, und Herr Albert sah, dass bereits der Morgen dämmerte. Die Dame trug jetzt auch kein Nachthemd mehr, sondern einen Rock und eine Bluse.

»Wissen Sie, es ist gar nicht so schlimm«, erklärte sie, als sie vorausging in die Küche. »Inzwischen tropft es auch nicht mehr.«

Sie deutete auf einen halb mit Wasser gefüllten Eimer auf dem Boden. Tatsächlich tropfte nichts mehr von der Decke.

Herr Albert inspizierte den feuchten Fleck, der aber nicht sehr groß war.

»Wenn der getrocknet ist, überstreiche ich ihn«, versprach er. »Aber es tut mir wirklich furchtbar leid, dass Sie meinetwegen solch einen Trubel hatten.«

»Na, es war doch ein richtiges Abenteuer«, meinte die Dame unbekümmert. »Man trifft schließlich nicht jeden Tag einen Seehund im Badezimmer seines Nachbarn.«

Sie setzte Wasser auf und machte sich am Herd zu schaffen. »Ich würde jetzt frühstücken. Kann ich Ihnen auch etwas anbieten?«
Herr Albert merkte plötzlich, dass er sehr hungrig war, und nahm das Angebot dankend an.

Als er sich über seine Eier mit Speck hermachte, fragte er: »Woher kennen Sie sich so gut mit Seehunden aus?«

»Mein Vater war Tierarzt«, antwortete die Dame. »Er hat zwar hauptsächlich Hunde und Katzen behandelt, besaß aber jede Menge Bücher über Tiere. Wann kommen denn die Leute vom Zoo, um das Kerlchen abzuholen?«
»Die Leute vom Zoo?«, wiederholte Herr Albert verwundert. »Oh, ach so – die kommen nicht hierher. Ich bringe den Seehund selbst hin. Die freuen sich doch bestimmt, meinen Sie nicht?«
»Wie – die wissen noch gar nichts von dem Kleinen?«, rief die Dame erstaunt aus. »Aber Sie können doch nicht mir nichts, dir nichts ein Seehundkind im Zoo abgeben – die Leute dort müssen sich darauf vorbereiten! Sie sollten unbedingt vorher Bescheid sagen!«
Als die Dame Herrn Alberts bestürztes Gesicht sah, fügte sie hinzu: »Wenn Sie möchten, begleite ich Sie. Mein Vater kannte den Zoodirektor – vielleicht ist der ja immer noch im Dienst. Wir werden ihm ankündigen, dass Sie dem Zoo einen jungen Seehund spenden wollen. Und dann kann man dort die notwendigen Vorkehrungen treffen.«

Die Dame überlegte einen Moment. »Jetzt ist es wohl noch zu früh. Aber wir könnten uns um neun Uhr unten am Eingang treffen, was meinen Sie?«

»Wenn es Ihnen nichts ausmacht …«, sagte Herr Albert.

»Nein, ich tue das gerne«, versicherte ihm die Dame. »Ach, und übrigens«, fügte sie hinzu, »ich heiße Millicent Craig.«

»Albert Cleghorn«, stellte sich Herr Albert mit einer kleinen Verbeugung vor.

»Ich war schon lange nicht mehr im Zoo«, erzählte Fräulein Millicent später, als sie in der Straßenbahn saßen. »Früher war

der Zoo sehr beliebt, und man hat sich dort immer gut um die Tiere gekümmert.«

Doch als sie im Zoo ankamen, konnten sie nicht viele Besucher entdecken, und die Tiere wirkten schläfrig und gelangweilt.

Der Elefant machte ein Nickerchen, und sogar im

Affenhaus war es ziemlich still; nur einmal gab es Gezeter und Geschrei wegen eines leckeren Happens.

Fräulein Millicent war entzückt, dass James, der

Direktor von früher, den Zoo noch immer leitete. Und James freute sich ebenfalls sehr über den Besuch der beiden. Doch als sie von dem kleinen Seehund berichteten, machte James ein betrübtes Gesicht.
»Natürlich will ich den Kleinen aufnehmen und gut versorgen«, sagte er. »Aber seit dem Unfall hat sich hier leider vieles geändert.«
Es stellte sich heraus, dass der langjährige Besitzer des Zoos tödlich verunglückt war. Er hatte das beschädigte Dach des Giraffenhauses inspiziert und war dabei abgestürzt. Danach war der Zoo an ein Ehepaar verkauft worden, das sich überhaupt nicht für die Tiere interessierte.
»Die sind noch nicht einmal hier gewesen«, berichtete der Direktor. »Sie haben die Hälfte der Belegschaft entlassen, und die anderen bekommen ihren Lohn immer zu spät. Erst diese Woche musste ich schon wieder einen Teil der Ausgaben aus eigener Tasche bezahlen. Ich würde ja kündigen – aber was soll dann aus den Tieren werden? Na, trotz alledem – machen Sie sich keine Sorgen,

ich werde mein Bestes tun für Ihren jungen Seehund.«

Auf dem Rückweg kamen Herr Albert und Fräulein Millicent am Seehundbecken vorbei. Bonbonpapier trieb im Wasser, und die beiden Seehunde lagen reglos neben dem Becken auf schmuddeligem Sand.
Herr Albert blieb stumm. Erst als sie draußen vor dem Tor waren, sagte er: »Da werde ich Charlie auf keinen Fall hingeben.«
»Wollen wir vielleicht ein paar Schritte gehen?«, schlug Fräulein Millicent vor, da keine Straßenbahn in Sicht war.
Über einen Pfad neben niedrigen Häuschen kamen sie zu einem verwilderten Park und ließen sich auf einer Bank am Rasen nieder.
»Lassen Sie uns doch mal überlegen«, meinte Fräulein Millicent. »Ich kann Sie ja gut verstehen – aber welche Möglichkeiten bleiben dann noch, wenn Sie Charlie nicht dorthin geben wollen?«
»Es muss doch andere Zoos geben«, sagte Herr Albert störrisch.

»Aber nicht hier in der Nähe«, entgegnete Fräulein Millicent. »Mein Vater kannte alle Zoos. Und viele halten übrigens gar keine Seehunde.«

»Und was ist mit Aquarien?«

Fräulein Millicent schüttelte bedauernd den Kopf. »Vielleicht ist es in diesem Zoo ja doch nicht so schlecht«, meinte sie, klang aber selbst nicht so recht überzeugt. »James würde sich bestimmt gut kümmern, und Sie könnten den Kleinen dort besuchen.«

»Nein«, erwiderte Herr Albert entschieden.

Und dann sagte er: »Ich könnte Charlie natürlich auch behalten.«

Fräulein Millicent starrte ihn verblüfft an.

»Aber wo wollen Sie ihn denn unterbringen?«, fragte sie. »In Ihrer Wohnung etwa?«

»Ich habe einen Balkon«, antwortete Herr Albert trotzig. »Und zwischendurch könnte Charlie immer wieder in die Wanne.«

»Aber mein lieber Herr Albert«, erwiderte Fräulein Millicent geduldig, »kleine Seehunde wachsen enorm schnell. Er wäre im Nu viel zu groß!«

»Nun ja, dann eben nur für ein Weilchen«, murmelte Herr Albert. »Bis uns etwas anderes einfällt.«

»Und was ist mit seinem Futter?«,
gab Fräulein Millicent zu
bedenken. »Seehun-
de brauchen eine

ganz bestimmte Kost, das weiß ich aus den Büchern meines Vaters.«

»Vielleicht gibt es in Ihren Büchern noch mehr Informationen über Zoos«, meinte Herr Albert hoffnungsvoll. »Vielleicht haben Sie von einigen ja auch noch gar nichts gehört – oder sie sind erst kürzlich eröffnet worden!«

»Ich könnte natürlich ein paar Briefe schreiben und mich umhören«, räumte Fräulein Millicent ein. Dann rief sie auf einmal erschrocken »Oh!« und schlug beide Hände vor den Mund.

»Was ist los?«, fragte Herr Albert.

»Der Pförtner!«, rief Fräulein Millicent aus.

»Was ist mit dem Pförtner?«, entgegnete Herr Albert ungerührt. »Es gibt doch gar keinen Grund, warum der etwas von meinem Seehund bemerken sollte. Der Pförtner hat mich nicht mit Charlie gesehen und wird von mir ganz gewiss nichts über ihn erfahren.«

Dann geriet Herr Albert ins Stocken und stammelte: »Vielleicht … wenn Sie mir helfen würden … Sie wissen so viel über Tiere … ich denke mir, wenn

Sie mir helfen könnten, würden wir bestimmt alles schaffen ...«

»Hm, es würde mich natürlich auch freuen, wenn wir Charlie glücklich machen könnten ...«, meinte Fräulein Millicent.

Und dann verkündete sie plötzlich entschlossen: »Also gut! Zuallererst müssen wir dann aber rich-

tiges Futter besorgen. Und ich sollte mir wohl mal Ihren Balkon ansehen. Außerdem sollten wir meine Bücher lesen, um so viel wie möglich über Seehunde zu lernen.« Sie lachte lauthals. »Was würde der *Pförtner* bloß *dazu* sagen?«

Ein Weilchen saßen sie noch zusammen in der Sonne. Dann meinte Fräulein Millicent: »So, und nun auf zum Fischladen«, und sie machten sich auf den Weg, um Charlie etwas zu futtern zu kaufen.

Als sie zurückkehrten, kläffte der kleine Seehund jämmerlich. Er schien riesigen Hunger zu haben, beruhigte sich aber sofort, als er Herrn Albert sah. Zunächst blickte Charlie etwas verwundert auf den Brei aus Lebertran, Milch und zerstampftem Fisch, den Fräulein Millicent zubereitet hatte.

Doch dann kam der kleine Seehund auf den Geschmack und schlürfte begeistert die ganze Schale leer.

»Die Sache mit dem Futter hätten wir also schon mal geklärt«, stellte Fräulein Millicent zufrieden fest. »Der Kleine müsste eigentlich auch schon fast

bereit sein für festere Nahrung. Heute Abend bringe ich ihm die nächste Portion.«
»Wie wäre es denn dann«, schlug Herr Albert vor, »mit einem kleinen Abendessen bei mir?«
Fräulein Millicent nahm die Einladung erfreut an.

Herr Albert entschied sich, abends ein Picknick auf dem Balkon zu servieren. Den ganzen Nachmittag dachte er darüber nach, ob es Räucherlachs oder Schinken geben sollte.

Der Balkon hatte einen glatten Steinboden, und während Herr Albert den Tisch deckte, setzte er Charlie neben sich auf den Boden.

Erst hockte der kleine Seehund einfach nur da und blickte nachdenklich um sich. Doch nach einer Weile robbte er auf seinem wohlgenährten runden Bäuchlein vorsichtig herum und begann, seine Umgebung zu erkunden.

Als Fräulein Millicent dann gegen Abend die nächste Mahlzeit für ihn brach-

te, fühlte sich Charlie schon so heimisch auf dem Balkon, dass er seine Schale ganz ohne Hilfe leerfutterte.

Das Picknick auf dem Balkon wurde ein großer Erfolg. Herr Albert hatte sich nach reiflicher Überlegung für Räucherlachs

entschieden – und dann stellte sich heraus, dass Räucherlachs wirklich und wahrhaftig Fräulein Millicents Leibspeise war!

Die beiden unterhielten sich prächtig beim Essen. Herr Albert berichtete, wie sehr er die Arbeit in seinem Kiosk geliebt hatte und wie sehr sie ihm fehlte. Fräulein Millicent erzählte von ihrem Vater und den Tieren, bei deren Verarztung sie manchmal mitgeholfen hatte.

So plauderten die beiden vergnügt, während die Dämmerung anbrach und es schließlich dunkel wurde. Und sie waren noch immer ins Gespräch vertieft, als sie Charlie im Dunkeln längst nicht mehr sehen konnten, sondern nur noch hörten, wie er um ihre Füße herumrobbte.

Irgendwann wurde es still, und als schließlich der Mond aufging, sahen die

beiden, dass Charlie beim Geländer lag und selig schlummerte.
Die beiden betrachteten den kleinen Seehund gerührt. »Meinen Sie, wir können ihn über Nacht draußen lassen?«, fragte Herr Albert. »Oder kann man ihn von unten sehen, wenn es hell wird?«
»Das glaube ich zwar nicht«, antwortete Fräulein Millicent, »aber vielleicht sollten Sie sicherheitshalber rundum Blumentöpfe aufstellen.«
»Wir könnten sie ja vielleicht gemeinsam aussuchen ...«, schlug Herr Albert vor.
Fräulein Millicent wurde ein bisschen rosa im Gesicht und sagte: »Ja, gerne.« Dann rief sie plötzlich aus: »Ach du liebe Zeit, ich wusste gar nicht, wie spät es schon ist!«
»Dann bis morgen«, sagte Herr Albert, als er sie zur Tür geleitete.
Nachdem er die Küche aufgeräumt hatte, wollte er gerade zu Bett gehen, als er vom Balkon ein Geräusch hörte. Er lief ins Wohnzimmer und entdeckte Charlie.
Der kleine Seehund drückte sich kläglich kläffend

die Nase an der Balkontür platt und klatschte wie wild mit den Flossen gegen die Scheibe.

»Schsch!«, machte Herr Albert und öffnete rasch die Tür.

Charlie kam hereingerobbt und ließ sich vor Herrn Alberts Füßen hinplumpsen.

»Was ist denn los?«, fragte der. »Hast du deine Mama vermisst?«

Charlie sagte nichts. Er guckte Herrn Albert nur an und schloss dann die Augen.
»Schlaf schön und träum süß«, sagte Herr Albert und legte sich auch schlafen.
Und bald schlummerten beide tief und fest.

Am nächsten Tag kauften Herr Albert und Fräulein Millicent vier große Hortensientöpfe und eine Gießkanne. Im Flur am Eingang begegneten sie dem Pförtner.
»Ach, betätigen Sie sich jetzt als Gärtnerin, Fräulein Millicent?«, fragte der Pförtner. »Das ist ja auch viel besser, als Haustiere zu halten. Pflanzen rennen nicht durch die Gegend und machen auch keinen Krach.«
»Fräulein Millicent will meinen Balkon verschönern«, erklärte Herr Albert.
»Gegen Schönheit hab ich nichts einzuwenden«, erwiderte der Pförtner. »Hauptsache, mir kommt nichts ins Haus, was kreucht und fleucht.«

Die Blumen schützten nicht nur den Balkon vor Blicken, sondern sahen außerdem sehr hübsch aus.

Fräulein Millicent begoss sie mit der neuen Kanne, und dann begoss Herr Albert auch noch Charlie, der sich vergnügt fiepend im Wasserstrahl wälzte. Später sah Fräulein Millicent die Tierbücher durch und schrieb Briefe an alte Freunde ihres Vaters, um vielleicht Informationen über Zoos zu bekommen. »Bestimmt finden wir jemanden, der den kleinen Seehund aufnimmt«, versicherte sie Herrn Albert. »Es könnte nur ein Weilchen dauern.«

Während sie auf Antwort warteten, brachten die beiden Charlie Futter, spielten mit ihm auf Herrn Alberts Balkon und ließen ihn in der Badewanne vor sich hin plantschen.
Charlie brauchte die Nuckelflasche jetzt nicht mehr und schlürfte sein Essen schon ganz alleine. Deshalb mischte Fräulein Millicent dem Brei immer ein paar kleine ganze Fische unter und stellte begeistert fest, dass Charlie sie mit einem Happs verschlang.
Nach einer Weile machten sie ein Spiel aus Charlies Fütterung: Herr Albert warf die Fische durch die Luft, und der kleine Seehund versuchte, sie zu fangen, bevor er sie hinunterschluckte.
Weil der Pförtner ganz sicher bemerkte, dass tagtäglich große Mengen Fisch an seinem Kabuff vorbeigetragen wurden, behauptete Herr Albert, sein Arzt habe ihm eine Fischdiät verordnet und Fräulein Millicent wolle sie auch ausprobieren.
Darauf erwiderte der Pförtner, ihm sei auch schon zu Ohren gekommen, dass Fisch sehr gesund sein solle.
Der kleine Seehund wuchs und gedieh – die ersten

Antworten auf Fräulein Millicents Briefe waren jedoch leider entmutigend: Drei kleinere Zoos hatten geschrieben, dass sie entweder keine Seehunde hielten oder aber keinen Platz für weitere hätten.
Fräulein Millicent hoffte aber noch auf einen großen Zoo in der Stadt Brighton, der einen hervorragenden Ruf hatte.
»Nun ja«, meinte Herr Albert beim Abendessen,

das sie jetzt immer gemeinsam einnahmen, »es hat ja keine Eile.«

Eines Abends, etwa eine Woche später, saßen die beiden wieder auf Herrn Alberts Balkon. Sowohl die Blumen als auch der kleine Seehund waren ausgiebig begossen worden.
Während Charlies Brei in der Schale noch abkühlte, warf Herr Albert dem kleinen Seehund Fische zu. Fräulein Millicent betrachtete unterdessen das Ge-

schehen auf der Straße. Als der Postbote auftauchte, sagte sie: »Ich schau mal rasch nach, ob wir einen Brief bekommen haben.«

Ein paar Minuten später kehrte sie zurück. »Aus Brighton!«, verkündete sie, den Brief schwenkend. »Möchten Sie ihn aufmachen?«

Doch als Fräulein Millicent auf Herrn Albert zueilte, rutschte sie auf dem nassen Boden aus und kollidierte mit Charlie, der gerade einen besonders kunstvollen Fischfang vollführen wollte.

Der Fisch landete nun mit Karacho auf Charlies Kopf und sauste über den Rand des Balkons hinaus in die Lüfte. Charlie robbte in Windeseile und empört kläffend zum

Geländer, wo sein Futter verschwunden war. Dabei kippte er seine Schale um, und ein Teil des Fischbreis tropfte vom Balkon.
Von unten war ein Aufschrei zu hören. Dann herrschte bedrohliche Stille.
Herr Albert spähte vorsichtig übers Geländer. Auf der Straße stand eine Frau, die sich gerade verzweifelt zu säubern versuchte. Sie schaute nach oben, und Herr Albert duckte sich rasch.
Als er einen Moment später noch einmal nach unten blickte, war die Frau weitergegangen, und alles schien in Ordnung zu sein. Doch dann kam ein älteres Paar vorbei, mit dem die bekleckerte Frau sprach.
Daraufhin schauten alle drei nach oben, und Herr Albert hörte zornige Worte. Jetzt gesellten sich auch noch ein Botenjunge und ein Mann mit Aktenkoffer zu der Gruppe, und alle palaverten immer lauter und immer wütender, bis schließlich die Haustür aufflog und der Pförtner heraustrat.
»Er wird bestimmt zu uns raufkommen!«, sagte Herr Albert. »Wir müssen uns vorbereiten! Hier,

Charlie!« Er warf dem verdutzten kleinen Seehund die restlichen Fische hin, schob Fräulein Millicent nach drinnen und schloss die Balkontür.

Als der Pförtner dann tatsächlich auftauchte, empfingen sie ihn im Wohnungsflur.

»Es tut mir ja so furchtbar leid«, erklärte Herr Albert, bevor der Pförtner überhaupt zu Wort kam.

»Unser Mittagessen … wie ungeschickt von uns … Sagen Sie, wie geht es der armen Dame? Wir kommen mit Ihnen runter und sprechen mit ihr.«
Das schien dem Pförtner recht zu sein, und sie wollten gerade aufbrechen, als plötzlich vom Balkon erbostes Kläffen zu vernehmen war.
Der Pförtner sah aus, wie vom Donner gerührt, und schrie entrüstet: »Das ist ein Hund! Sie hal-

ten heimlich einen Hund in der Wohnung! Das ist strengstens verboten! Ich dulde keine heimlichen Hunde in meinem Haus!«

Damit drängte er sich an den beiden vorbei, stürmte ins Wohnzimmer und erstarrte, als sein Blick auf die Balkontür fiel.

Denn hinter der hockte ein aufgeregter Charlie, der ins Zimmer spähte und mit den Flossen gegen die Scheibe patschte.

Nun brach natürlich die Hölle los. Der Pförtner geriet in Rage und schrie: »Das ist ja nicht einmal ein heimlicher Hund, sondern ein … ein … nasses … schleimiges …«

Ihm fehlten die Worte, und so brüllte er nur noch: »Raus damit! Raus, raus! Auf der Stelle raus!«

Herr Albert musste geloben, den kleinen Seehund bis zum nächsten Morgen aus dem Haus zu schaffen. Danach versuchte er, gemeinsam mit Fräulein Millicent Charlie zu beruhigen und zu überlegen, was um alles in der Welt sie nun mit ihrem Freund machen sollten.

Während des ganzen Tohuwabohus hatte Fräulein

Millicent den Brief aus Brighton in der Hand gehalten. »Vielleicht bekommen wir ja Hilfe«, sagte sie und öffnete den Umschlag. Doch schon als sie den Brief entfaltete, ahnte sie, dass er ihnen keine guten Nachrichten bringen würde.
»Die bauen dort gerade alle Wasserbecken um«, erklärte sie nach der Lektüre. »Sie können Charlie nicht nehmen.«
»Also …«, murmelte Herr Albert.
Fräulein Millicent nickte. Keiner von beiden wollte die Worte aussprechen. »Wir haben keine andere Wahl«, sagte sie leise.

Es wurde ein trauriger Abend, den die beiden mit letzten Vorbereitungen verbrachten. Sie konnten Charlie schließlich nicht mit der Straßenbahn in den Zoo befördern. Doch dann stellte Herr Albert fest, dass der Gepäckwagen, den er im Hinterhaus abgestellt und bislang nicht zurückgebracht hatte, sich noch immer dort befand.
Fräulein Millicent packte unterdessen eine große Portion Brei und Fische für Charlie ein.

»Damit kommt er über die ersten Tage«, meinte sie. »Ich kann ihn ja immer wieder besuchen und nachsehen, ob er sein Futter auch bekommt«, schlug Herr Albert vor.
Dann sagten beide wie aus einem Munde: »Vielleicht ist es ja gar nicht so schlecht dort.«
Doch beide glaubten nicht, was sie sagten.

Am nächsten Morgen brachen sie in aller Frühe auf. Der Pförtner war noch nicht zum Dienst erschie-

nen, weil ihn der Tumult vom Vortag so erschöpft hatte. Deshalb konnte Herr Albert den kleinen Seehund ungestört am Pförtnerkabuff vorbei nach draußen schleppen.

Charlie beklagte sich ein bisschen, als er in die Blechwanne gesetzt wurde, die schon fast zu eng für ihn geworden war. Und als sie auf den Gepäckwagen geladen wurde, sah der kleine Seehund Herrn Albert ziemlich entgeistert an. Doch als dieser dann losmarschierte, begleitet von Fräulein Millicent, blickte Charlie vergnügt in die Gegend und

kläffte staunend beim Anblick von Straßenbahnen und anderen Fahrzeugen.

Weil es noch zu früh war für den Zoo, wanderten Herr Albert und Fräulein Millicent mit dem Gepäckwagen in den kleinen Park und setzten sich auf die Bank, auf der sie erst vor kurzem so mutige Pläne für Charlie geschmiedet hatten.

Nach einer Weile hielt Herr Albert die bedrückte Stimmung nicht mehr aus und sagte: »Komm, Charlie, du sollst noch ein letztes Mal spielen dürfen.«

Der kleine Seehund tobte so begeistert durchs Gras, um seine Fische zu schnappen, dass Herr Albert es nicht übers Herz brachte, das Spiel früher zu beenden als unbedingt notwendig. Als sie Charlie dann schließlich doch in seine Wanne setzten, war es schon viel später als geplant, und der Zoo hatte längst geöffnet.

»Also gut«, seufzte Herr Albert. »Bringen wir's hinter uns.«

»Jawoll«, erwiderte Fräulein Millicent tapfer, und so marschierten sie zum Zoo.

Doch der war noch immer nicht geöffnet, wie sich dann herausstellte. Das große Tor war mit einer Eisenkette verschlossen, im Kassenhäuschen saß niemand, und nirgendwo war eine Menschenseele zu sehen.

ZOO

»Heute ist doch kein Feiertag, oder?«, sagte Fräulein Millicent.
Herr Albert sah in seinem Taschenkalender nach – aber es war tatsächlich ein ganz gewöhnlicher Werktag. Und wie sie an dem Schild am Eingang sehen konnten, hätte der Zoo längst geöffnet sein müssen. Von fern hörten sie einen Elefanten trompeten, doch ansonsten herrschte Stille.
»Was um alles in der Welt sollen wir jetzt tun?«, fragte Herr Albert ratlos.
»Schauen Sie mal da«, antwortete Fräulein Millicent.
Im Zoo näherten sich zwei Männer dem Eingangstor. Einer trug einen dunklen Anzug, der andere schien ein Wärter zu sein. Er schloss die Kette am Tor auf, und als der Mann im Anzug hinausging, sagte er zu dem Wärter: »Tut mir wirklich leid.«
Herr Albert erkannte den Mann im Anzug: Es war der Bankdirektor.
Der Wärter nickte stumm und wollte das Tor schon wieder zuschließen, als Fräulein Millicent rasch zu ihm sagte: »Ach bitte – was ist passiert? Wir wollten gerne mit James sprechen.«

»Sie waren neulich hier wegen des Seehunds, nicht wahr?«, erwiderte der Wärter mit einem bitteren Lächeln. »Ich fürchte, James wird Ihnen jetzt nicht mehr helfen können. Aber kommen Sie ruhig trotzdem rein. Vielleicht können Sie ihn ja aufheitern.«

Dann eilte der Wärter hastig davon und murmelte dabei: »Entschuldigen Sie, aber ich muss mich um die Bestände kümmern.«
»Was um alles in der Welt meint er denn damit?«, fragte Fräulein Millicent.

»Ich fürchte, ich habe da eine schlimme Ahnung«, antwortete Herr Albert.

Sie schoben den Wagen an den Gehegen vorbei, und Charlie kläffte verwundert, als er die Tiere sah. Vor dem Elefantenhaus betrachtete ein Mann die Elefantenfamilie und machte sich Notizen in ein kleines Buch.

Vor dem Löwenkäfig standen zwei weitere Männer. Als Herr Albert und Fräulein Millicent mit dem kleinen Seehund auf dem Wagen vorbeikamen, deutete einer der Männer auf Charlie und sagte: »Wie wär's denn mit dem? Der sieht niedlich und lebhaft aus!« Der Mann schien Herrn Albert ansprechen zu wollen, doch der hastete schnell weiter.

Schließlich fanden sie James in seinem Büro. Der Schreibtisch war mit Papieren übersät, und James stützte verzweifelt den Kopf in die Hände. Bevor der Zoodirektor etwas sagen konnte, erklärte Herr Albert: »Sie brauchen mir nichts zu erzählen. Die neuen Zoobesitzer sind mit dem Geld abgehauen, nicht wahr?«

James setzte sich so ruckartig auf, dass Papiere zu

Boden flatterten, und fragte verblüfft: »Woher wissen Sie das?«

»Ich bin Geschäftsmann«, antwortete Herr Albert. »Ich weiß genau, was alles passieren kann, wenn man ein Unternehmen hat.«

»Die haben das gesamte Konto leer geräumt«, berichtete James. »Da ist kein Penny mehr drauf. Wir müssen alle Tiere verkaufen – da draußen laufen schon die Käufer herum. Einige von denen sind

vom Zirkus – keine Ahnung, wie sie davon erfahren haben. Stellen Sie sich das nur vor: Unsere Tiere in einem Zirkus!
Und das Allerschlimmste: Die Tiere, die wir nirgendwo unterbringen können, müssen eingeschläfert werden. Alles wegen diesen dummen, geldgierigen unehrlichen Gaunern … wie können Menschen nur so etwas tun?«
»Das ist ja entsetzlich«, sagte Fräulein Millicent. »Mit der Bank haben Sie vermutlich schon gesprochen, oder?«
»Der Bankdirektor hat sich bemüht«, antwortete James. »Wir alle haben uns bemüht. Einige der Wärter haben sogar angeboten, ihre Ersparnisse zu opfern. Aber für so einen Zoo braucht man größere Geldsummen. Und die bekommen wir einfach nirgendwoher.«
Dann begann er zu erzählen, was der verstorbene Besitzer und er sich ausgedacht hatten. »Wir wollten den Zoo ausbauen«, erklärte er. »Er sollte ein besonderes Wasserbecken zum Reinschauen bekommen – so eines wie in Brighton. Und einen

Streichelzoo für Kinder. Wir hatten das Geld dafür auch schon fast zusammen. Dieser Zoo war sehr erfolgreich, bevor er in die Hände dieses skrupellosen Paars fiel.«

Plötzlich war von draußen ein Riesenradau zu hören, und Fräulein Millicent rief entsetzt: »Charlie!«

Alle liefen hinaus und stellten fest, dass der kleine Seehund irgendwie seine Wanne und damit sich selbst vom Gepäckwagen heruntergeschubst hatte. Die zwei Männer, die Charlie zuvor schon beäugt hatten, standen daneben, und einer sagte: »Ein Akrobat ist der auch noch!«

Als Charlie Herrn Albert entdeckte, robbte er in Windeseile zu ihm und versuchte, sich auf seinen Schuh zu setzen. Herr Albert funkelte die Männer wütend an.

Dann nahm er den kleinen Seehund hoch und trug ihn ins Büro. Fräulein Millicent beruhigte Charlie, indem sie ihm eine Portion Fischbrei zu futtern gab, und James überzeugte sich, dass der kleine Seehund nicht verletzt war.

Eine Weile saßen alle schweigend da. Dann entdeckte Fräulein Millicent einen Wasserkocher in der Ecke. »Wie wär's mit einem Tee?«, schlug sie vor, und James und sie kochten gemeinsam Tee.
Herr Albert schaute Charlie gedankenverloren da-

bei zu, wie er mit der Flosse ein Blatt Papier inspizierte, das heruntergefallen war.
Schließlich sagte Herr Albert: »Also, ich jedenfalls habe das Problem, dass dieser kleine Bursche hier ein Zuhause braucht.«
»Ich weiß«, seufzte James. »Ich wünschte, ich könnte Ihnen helfen.«

Herr Albert stand auf, trat zum Schreibtisch und sagte: »Vielleicht können Sie das ja wirklich. Sollen wir mal gemeinsam einen Blick auf Ihre Geschäftsunterlagen werfen?«
James' Miene erhellte sich. »Meinen Sie das ernst?«, fragte er.
»Ich habe jahrelang einen Laden geführt«, erklärte Herr Albert. »Ich habe eine Menge Geld dafür bekommen, als ich ihn verkauft habe, und ich bin ger-

ne Geschäftsmann. Einen Zoo zu leiten kann nicht so viel anders sein.«
Er griff nach einem der Blätter. »Schauen wir doch mal, wie es aussieht.«
Fräulein Millicent blickte von einem zum anderen. Dann rettete sie das Blatt Papier (das übrigens eine Rechnung für Kamelfutter war) aus Charlies Flossen und verkündete, sie werde einen Spaziergang machen.

Als sie eine Stunde später zurückkehrte, lag Charlie in einer Ecke und schlief, und der Fußboden war übersät mit Papieren. Herr Albert und James steckten die Köpfe zusammen und machten Bemerkungen wie »ich muss das mal prüfen« und »das wäre eine Idee, warum eigentlich nicht?«.

Deshalb machte Fräulein Millicent noch einen zweiten Spaziergang. Auf dem Rückweg beobachtete sie, wie die interessierten Tierkäufer von einem Wärter zum Tor geführt wurden und dabei äußerst missmutig aussahen. Als Fräulein Millicent ins Büro kam, fand sie dagegen dort einen strahlenden James und einen strahlenden Herrn Albert vor, der verkündete: »Problem gelöst! Wir haben einen Zoo!«

James trommelte die Wärter zusammen, berichtete, dass der Zoo gerettet sei, und stellte ihnen den neuen Besitzer vor: Herrn Albert.

Der erklärte, James bleibe weiterhin Direktor des Zoos, und man werde alle entlassenen Wärter zurückholen, damit die Tiere bestens versorgt werden könnten.

Außerdem sei er sicher,

beruhigte Herr Albert die Wärter, dass bald wieder viele Besucher kommen würden und man in Kürze mit dem Ausbau des Zoos beginnen könne.
Es gab großen Jubel und Applaus, und alle Wärter wollten Herrn Albert die Hand schütteln. Auch Fräulein Millicent strahlte und freute sich.

»Und werden Sie auch im Zoo wohnen?«, wurde Herr Albert von dem Wärter gefragt, der ihnen das Tor geöffnet hatte.

Es stellte sich heraus, dass – bis auf das Gaunerehepaar – alle vorherigen Besitzer des Zoos in einem Häuschen hinter dem Büro gewohnt hatten.

»Es ist sehr gemütlich«, sagte der Wärter eifrig. »Ich könnte es Ihrer Frau zeigen, wenn sie möchte.«

Fräulein Millicent wurde ein bisschen rosa im Gesicht. »Oh«, sagte sie. »Herr Albert und ich sind nicht verheiratet.«
In diesem Augenblick wurde Herr Albert von einem eigenartigen Gefühl erfasst – wie im Boot, als er dann den kleinen Seehund adoptiert hatte. Damals hatte er sich auch etwas ganz und gar Verrücktes sagen hören. Und hatte dann aber gleich gemerkt, dass er das Verrückte wirklich und wahrhaftig ernst meinte.
Was Herr Albert sich jetzt sagen hörte, war dieses: »Aber vielleicht könnten wir das ja sein.« Anschließend wurde er auch ziemlich rosa im Gesicht.
Fräulein Millicent und er sahen sich an. Dann sagte sie: »Wollen wir vielleicht ein paar Schritte gehen?«
Später berichtete der Junge, der fürs Bodenkehren hinter den Käfigen zuständig war, dass Herr Albert am Kleinkatzengehege einen Kniefall vor Fräulein Millicent gemacht hätte. Und danach hätten die beiden ganz besonders nah und ganz besonders lange beisammengestanden.

Die Hochzeitsfeier fand neben dem Seehundbecken statt, das man später zum modernen Schaubecken umbauen wollte.
Es hatte sich herausgestellt, dass die beiden Seehunde im Zoo Damen mittleren Alters waren, die sich beide geradezu darum rissen, Charlie bemuttern zu dürfen. Herr Albert besuchte die ganze Familie mehrmals am Tag und warf allen Fische zu.
Unter der Leitung von Herrn Albert und seiner Frau Millicent wurde der neue Zoo ein großer Erfolg und machte sogar dem berühmten Zoologischen Garten in Brighton Konkurrenz. Herrn Alberts Zoo war besonders bekannt für seine Seehunde und Seelöwen, die viel Platz und Freiraum hatten und nach Herzenslust mit ihren Wärtern spielen durften.
Herrn Alberts Vetter William kam mit seiner Familie oft zu Besuch. Der kleine Tommy, der Charlie als Erster entdeckt und seine Liebe zu Seehunden immer bewahrt hatte, erlernte später den Beruf des Tierpflegers. Und als James in Ruhestand ging, wurde Tommy Direktor von Herrn Alberts Zoo.
Und so ...

lebten sie froh und glücklich …

… bis in alle Ewigkeit.

Wide World Photos

Alfred Kerr
Grunewald 1927.

Nachwort

Als ich ein kleines Mädchen war, gab es im Haus meiner Familie in Berlin einen Raum, der *das rote Zimmer* genannt wurde. Meine Mutter hatte es mit viel Liebe als Arbeitszimmer für meinen Vater eingerichtet, der Schriftsteller war.

Aber mein Vater arbeitete viel lieber an einem simplen Holztisch in seinem Schlafzimmer, wo dann der Boden immer übersät war von beschriebenen Blättern. Und so diente das rote Zimmer hauptsächlich dazu, Gäste zu empfangen.

Von dem prachtvollen, aber unbenutzten Schreibtisch mit passendem Stuhl abgesehen, gab es im roten Zimmer auch noch etliche Dinge, die mein Vater von seinen Reisen mitgebracht hatte – unter anderem einen kleinen ausgestopften Seehund, der zufrieden auf dem gebohnerten Boden hockte. Ich freute mich immer sehr, wenn das Zimmer genutzt wurde, weil ich dann den Seehund wiedersehen konnte. Es machte mir großen Spaß, mich auf ihn zu setzen und sein Fell zu streicheln.

Zu jener Zeit wurde noch nicht so viel fotografiert, und ausgestopfte Tiere waren keine Seltenheit. Viele Menschen ließen sich ihr Haustier nach dessen Tod ausstopfen, um es als Erinnerung bei sich zu behalten. Ein ausgestopfter Seehund war allerdings sehr ungewöhnlich.

Als ich meinen Vater eines Tages danach fragte, sagte er, der kleine Seehund habe früher einmal bei ihm auf dem Balkon gewohnt. Doch erst sehr viel später, als die ganze Familie nach England geflüchtet war und die Nazis den kleinen Seehund ebenso beschlagnahmt hatten wie unsere gesamte Habe, erzählte mein Vater mir den Rest der Geschichte.

Vor über hundert Jahren, als mein Vater noch ein junger Mann gewesen war, hatte er eine Zeitlang bei einer Fischerfamilie in der Normandie in Frankreich gewohnt. Eines Tages begleitete mein Vater damals den Fischer, als er mit seinem Boot aufs Meer hinausfuhr.

Der Mann erschoss Seehunde, weil sie zu viele

Fische fraßen, die er für seinen Lebensunterhalt brauchte. Aber er achtete sehr sorgsam darauf, welche Seehunde er tötete, und war deshalb entsetzt, als er merkte, dass er versehentlich ein Seehundweibchen erschossen hatte, das ein Junges hatte.
Der Fischer hätte den jungen Seehund auch erschießen müssen, weil er ansonsten jämmerlich verhungert wäre. Aber mein Vater, der Tiere liebte, hielt den Fischer davon ab und sagte, er wolle das Junge mitnehmen und sich darum kümmern.
So wurde der kleine Seehund also auf Algen in eine Kiste gebettet und trat im Gepäckwagen die lange Reise nach Berlin an. Mein Vater sah regelmäßig nach dem Kleinen, begoss ihn mit Wasser und versuchte – wenig erfolgreich –, ihn mit einer Mixtur aus Milch und Dorschlebertran zu füttern.
Als sie endlich spätabends in Berlin eintrafen, war die ganze Milch aufgebraucht. Mein Vater und der Seehund ließen sich mit dem Taxi zu einem Restaurant chauffieren, wo mein Vater frische Milch für den Kleinen bestellte – womit er sicherlich bei den anderen Gästen für großes Erstaunen sorgte.

Dann fuhren sie mit dem Taxi nach Hause, und mein Vater setzte den kleinen Seehund zuerst in die Badewanne und dann auf den Balkon. Weil der Kleine sich schon sehr an meinen Vater gewöhnt hatte, beklagte er sich mit kläglichem Gekläff, als er nicht ins Zimmer gelassen wurde. Er wollte immer bei meinem Vater sein, und sobald er ihn durch die Balkontür entdeckte, klatschte er mit den Flossen an die Scheibe und verlangte Einlass.

Mein Vater nahm den kleinen Seehund dann entweder tatsächlich ins Zimmer oder versuchte, ihn auf dem Balkon zu beruhigen, indem er ihn mit Wasser aus einer Gießkanne begoss. Wahrscheinlich hatte mein Vater gehofft, das Tierchen zumindest so lange behalten zu können, bis es ausgewachsen war. Er erzählte mir damals, dass sich die Eskimos Seehunde als Haustiere halten, so wie man sich in Europa Hunde hält.

Aber der Seehund war leider noch viel zu klein, um festes Futter vertragen zu können. Mein Vater bemühte sich, konnte dem Kleinen aber nicht genügend Nahrung zuführen. Einmal tränkte mein

Vater eine alte Jacke mit der Milchmixtur, und der Kleine nuckelte ein Weilchen daran. Aber davon wurde er nicht satt, und die Mischung war auch bei weitem nicht so nahrhaft wie die Milch seiner Seehundmutter.
Deshalb fragte mein Vater schließlich, ob der Berliner Zoo den kleinen Seehund aufnehmen wolle. Doch das war aus irgendwelchen Gründen nicht möglich, und auch das Berliner Aquarium konnte ihn nicht beherbergen. Als mein Vater sah, dass der Kleine immer dünner und matter wurde, blieb nichts anderes übrig, als ihn einschläfern zu lassen. Später ließ mein Vater den kleinen Seehund dann ausstopfen, um ihn in Erinnerung zu behalten.
Ich habe diese Geschichte immer geliebt und mir sehr gewünscht, ich hätte den kleinen Seehund kennenlernen können. Und noch mehr wünschte ich mir, dass diese Geschichte damals ein glückliches Ende gefunden hätte.
Vielleicht habe ich deshalb, über hundert Jahre später, eine ganz andere Geschichte geschrieben, in der alles gut ausgeht und alle glücklich sind.

© Thilo Rückeis / picture alliance

Judith Kerr, geboren 1923 in Berlin, wurde mit ihrer ›Rosa Kaninchen‹-Trilogie weltbekannt. In die Herzen der jüngeren Leser schrieb sie sich mit den Klassikern ›Ein Tiger kommt zum Tee‹ und den Geschichten um ›Mog, den vergesslichen Kater‹. Nach fast vier Jahrzehnten legt Judith Kerr nun ihr neues Kinderbuch vor – im Verlag ihres Vaters, des berühmten Theaterkritikers Alfred Kerr. Die vielfach ausgezeichnete Autorin lebt seit ihrer Flucht vor den Nazis im Jahr 1933, die sie über die Schweiz und Frankreich nach England führte, in London.

Weitere Informationen zum Kinder- und Jugendbuchprogramm der S. Fischer Verlage, auch zu E-Book-Ausgaben, gibt es bei *www.blubberfisch.de* und *www.fischerverlage.de*